ESSAI

D'UNE

NOUVELLE SOLUTION.

ESSAI

D'UNE

NOUVELLE SOLUTION,

Par M. Eugène de Tr.

Prix : 1 fr.

PARIS
IMPRIMERIE DE GUIRAUDET ET JOUAUST
338, RUE SAINT-HONORÉ
1851

AVANT-PROPOS.

Il paraîtra sans doute bien présomptueux de la part d'un auteur inconnu, sans antécédents littéraires, et dont le style doit nécessairement se ressentir du manque d'usage, de vouloir donner son avis en politique, après que les plus grands hommes d'état, les plus illustres écrivains, et les plus célèbres publicistes semblent avoir épuisé toutes les combinaisons possibles pour arriver à bonne fin. Toutefois, cet acte de présomption sera, je l'espère, excusé en considération des motifs suivants.

Si le travail de ces grands écrivains eût abouti à une solution quelconque à laquelle le monde politique eût paru se rallier, nul doute que, même avec l'intime croyance d'une meilleure recette, j'aurais gardé le silence; car ce n'est point le désir de faire parler de moi qui me guide, bien au contraire. J'ai toujours redouté l'éclat de la renommée; et une réputation bonne ou mauvaise me serait également importune. Ce que j'en fais, c'est uniquement pour l'acquit de ma conscience, et comme restitution d'un dépôt. Je m'imagine que Dieu m'a inspiré une idée dont je ne suis que le dépositaire, et que je dois le plus tôt possible rendre au domaine public. Ensuite, il m'a semblé que, lorsque les maîtres de la science avaient parlé chacun à leur tour sans convaincre leur auditoire, le premier venu pouvait hasarder son avis; qu'aucune idée nouvelle n'était à dédaigner sur un sujet de cette importance; et qu'il valait encore mieux perdre un peu de temps à des paroles oiseuses, que de s'exposer à échapper le fil d'un écheveau, hélas! trop embrouillé, que tel aveugle, par hasard, pourrait avoir trouvé. Enfin, il pourrait se faire que l'existence solitaire et tout exceptionnelle que des circonstances fatales, la maladie, et la pauvreté, au moins relative, m'ont fait subir depuis mon enfance, et principalement ces dernières années, me fassent juger plus impartialement et plus sainement des choses, que ne pourraient le faire d'autres beaucoup plus habiles et plus lettrés, mais qui, trop rapprochés de l'objet de leur observation, ou trop distraits par les affaires du monde, ne se trouvent pas au point d'optique que réclament les lois de la perspective pour apprécier convenablement l'ensemble de notre tableau politique.

ESSAI

D'UNE

NOUVELLE SOLUTION.

CHAPITRE UNIQUE.

§ Ier.

De la sagesse humaine.

Une considération m'a surtout frappé en écoutant agiter les grandes questions sociales tant à la tribune que dans la presse : c'est que chacun, suivant l'intérêt de son parti, veut faire prévaloir son opinion en vertu d'un principe; comme s'il existait réellement des principes dans ce monde de brouillards métaphysiques. Et ce qu'il y a de plus curieux, c'est l'espèce de bonne foi avec laquelle les adeptes des théories les plus subversives invoquent le principe religieux, pour la cause du socialisme par exemple, tout comme le font depuis des siècles les légitimistes pour leur droit divin. Cicéron prétendait de son temps qu'il ne comprenait pas comment les augures pouvaient se regarder sans rire. Je me demande aussi, moi, si c'est sérieusement qu'on veut mêler le nom de Dieu aux vaines et sottes affaires de ce monde. Ce n'est pas que je veuille dire que le Dieu a abandonné ses créatures aux chances du hasard, et qu'il est trop au dessus de nous pour vouloir s'abaisser aux misérables détails de nos intérêts. Je crois, sans toutefois pouvoir me le prouver par des raisons évidentes, je crois instinctivement que Dieu a eu un but dans la création ; que ce but est le bonheur de ses créatures ; mais que par l'essence même de son infinie perfection, la gradation dans l'échelle des êtres en est une suite nécessaire, et que ses regards de prédilection ne tombent que sur les premiers échelons (dans l'ordre spirituel, bien entendu) ; que c'est pour ceux-ci qu'il se serait fait homme, pour leur apprendre à savoir souffrir avec résignation les épreuves de cette vie ; que c'est pour eux qu'il aurait dans le temps opéré plusieurs infractions aux règles habituelles de la nature, c'est-à-dire les miracles, et cela pour preuve de sa mission. Je croirais même volontiers qu'il s'en opère encore tous les jours, quoique, par une volonté particulière de Dieu, ils ne puissent jamais être prouvés au vulgaire, et cela pour que le voile mystérieux de nos destinées maintienne la route dans un demi-jour, et serve à la plus grande justification des bons comme à la plus grande perdition des méchants. Mais, si j'admets ces exceptions surnaturelles, ne croyez pas au moins que ce soit pour ajouter foi à ces prétendus miracles opérés en faveur de grands personnages ou de misérables compères, lesquels miracles sont ensuite tambourinés à la cour de Rome pour entretenir la soumission des peuples envers les rois. Oh ! non, mille fois non. Si la Providence divine se manifeste par quelque effet surnaturel, c'est qu'elle aura aperçu tel paria, le rebut de la sagesse humaine, qui se sera conservé juste et humble devant elle. C'est pour ce pauvre voyageur, prêt à succomber sous un double fardeau, celui du malheur et du doute, que Dieu, dans sa bonté infinie, lui révélera, à part lui, et dans la confidence de l'amitié, que tout n'est pas dit en ce monde, et qu'avec un petit effort de plus, il aura gagné la couronne que Dieu réserve à ses élus. Voilà tout ce que je puis admettre en métaphysique : une probabilité d'avenir pour un petit nombre d'êtres à part, et, pour ainsi dire, étrangers au reste de la création. Mais quant à la masse des créatures intelligentes, qui, semblables aux animaux, boivent et mangent sans jamais élever leur âme vers le créateur, ou qui s'imaginent être quittes de toute reconnaissance après avoir marmotté des lèvres quelques prières, pour ceux-là, Dieu n'a point posé d'autres jalons que ceux des lois de la nature. C'est dans ce livre seul qu'il s'agit de puiser pour acquérir toutes les connaissances nécessaires et arriver à la plus grande masse de bonheur possible. De même qu'en mécanique, en physique, en médecine, en musique même par les lois de l'acoustique; c'est en consultant la nature que la science se perfectionne, ainsi en est-il de la politique. C'est en étudiant l'organisation d'un peuple et les diverses phases de son existence, que dans un moment critique on pourra découvrir le remède qui convient à sa maladie. Il ne s'agit donc pas d'invoquer un principe comme objet de vérité et de certitude, puisque Dieu n'a pas voulu qu'il y ait ici bas pour nous rien de vrai et de certain, mais seulement de partir d'un simple principe d'utilité, sans même chercher à en justifier la légalité, puisqu'il y aurait toujours moyen d'y opposer un côté défectueux. En un mot, au lieu de dire : mon opinion est la vraie, il faut dire : mon opinion est la plus utile au bien général, ou encore mieux : mon opinion est le parti le moins mauvais dans l'intérêt général. Les Anglais sont bien plus conséquents que nous, malgré, ou plutôt précisément à cause de leur inexorable égoïsme national. Ils ne s'amusent pas à se tromper les uns les autres en invoquant des principes descendus du ciel. Telle détermination qui auprès d'un peuple chavaleresque comme l'Espagne ou la France aurait tout l'odieux d'une violation de la foi jurée ou d'un abus de confiance, ou d'une trahison envers une nation amie, leur paraîtra bonne et sera adoptée à l'unanimité s'il doit en résulter de l'avantage pour l'Angleterre. Mais, objectera-t-on, avec une telle absence de principes et une telle immoralité, quelle garantie de fidélité restera-t-il à l'observation des traités internationaux ? Je demanderai à mon tour, avec les principes qu'il vous plaît de mettre en avant, et auxquels vous ne croyez pas, puisque vous les négligez dans les actes de la vie privée, quelle plus grande garantie avez-vous? Aucune autre (si la croyance n'est point partagée) que celle du plus fort ou du plus habile. Ne vaut-il pas mieux alors marcher à visage découvert, et se contenter de savoir se faire craindre afin de se faire respecter.

Ces préliminaires avaient pour but de prouver qu'il est pour le moins superflu d'invoquer des principes religieux en matière politique, mais que pour juger sainement des choses terrestres il faut s'en tenir à la sagesse humaine. Toutefois, avant de poursuivre, et de crainte qu'on ne se méprenne sur mes sentiments, je dois faire ici ma profession de foi, qui est à peu de nuances près celle de la doctrine Janséniste, et cela sous toute réserve, me proposant, s'il plaît à Dieu, de publier un jour ma croyance sur les élus. Il est donc bien entendu que je ne m'adresse ici qu'à ceux auxquels Dieu a réparti, en récompense de leur sagesse, la rosée du Ciel et la graisse de la terre, c'est-à-dire tous les avantages terrestres, et non point à ce petit nombre qui se complaît dans les folies de la croix, et auxquels toute espèce de conseils deviendraient superflus, si ce n'est ces paroles de saint Augustin : « *Ama Deum et fac quod vis.* »

Si nous étions encore à l'époque primitive où les hommes à peine sortis de l'état sauvage sentirent le besoin de se réunir en société afin de régulariser et d'améliorer leur existence, les règles de la sagesse humaine eussent été bientôt trouvées. La force alors, faisant le droit, était la suprême sagesse ; mais, quoi qu'en dise la fable, le droit du plus fort n'est pas maintenant toujours le meilleur. Il en est des nations comme des individus. A mesure que les forces physiques diminuent, l'intelligence, en se perfectionnant par la prudence et la ruse, parvient bientôt à dominer la force brutale. Depuis surtout l'invention de la poudre les forces se sont équilibrées, et le débile vieillard peut maintenant repousser l'agression d'un jeune et fougueux ennemi. Cette considération est rassurante pour des nations telles que la Chine, l'Angleterre et la France. Vieillies et énervées par le temps, sans doute, elles auront une fin comme l'Egypte, la Grèce et Rome; mais de même qu'un vieillard peut par une hygiène bien entendue prolonger sa vie et se ménager encore de longues et douces jouissances; de même aussi, un régime convenablement appliqué à l'âge et aux mœurs d'une nation peut retarder sa chute de plusieurs siècles. Ce qui s'appelle la science médicale par rapport à l'individu se nomme politique ou médecine du corps social par rapport à une nation. Quant aux procédés, ils sont les mêmes : car la nature, toujours simple dans ses opérations, n'agit que par un très petit nombre de lois, qui paraissent même remonter toutes à un même principe; en sorte qu'on pourrait définir la politique par ces mots : le maintien de l'ordre par une stimulation appropriée au degré d'incitabilité dont le corps social est susceptible.

Maintenant, pour connaître le stimulus convenable, il s'agit d'étudier l'état de ce corps social; et pour cette étude, je vais successivement passer en revue les différents remèdes proposés par les opinions contraires, ainsi que procéderait un médecin qui voudrait s'éclairer par le débat d'une consultation ; après quoi je hasarderai de donner mon avis.

---

§ II.

De la légitimité et du Gouvernement monarchique.

Si une opinion politique était encore de nos jours susceptible de conserver le prestige du respect dans l'esprit des masses, cette considération donnerait l'espoir que le drapeau blanc pourrait rallier la majorité de la nation; et ce parti plus que tout autre aurait le droit de revendiquer l'appui des sages et de tous les honnêtes gens, car, malgré que je rejette bien loin la prétention qu'il fait valoir d'un principe du droit divin, il me suffirait qu'il fût accepté comme tel, pour y trouver un gage de force et de durée. Mais le temps n'est plus où le peuple se laissait dire par l'organe des prêtres que le roi de France était l'oint du seigneur, et qu'à preuve la Sainte-

Ampoule s'éternisait à Reims pour la guérison des infirmes et l'inviolabilité des rois. En outre, un gouvernement monarchique ne se soutient pas sans aristocratie, et il ne pourrait y en avoir de durable, surtout en France, où les nobles consomment sans produire, que par le rétablissement du droit d'aînesse. Ce droit, que justifiaient les mœurs d'alors, serait maintenant une monstruosité tellement grande, que notre esprit se révolte à la seule pensée d'un semblable projet. Napoléon avait bien compris la nécessité de cette haute institution politique. La création des majorats n'avait point d'autre but; et s'il a échoué dans cette entreprise malgré tout son génie, peut-on espérer un meilleur succès? Ce n'est pas tout encore; et supposé que, par la force ou autrement, on parvienne à rétablir en France les formes de l'ancien régime, pourrait-on modifier également les mœurs de la nation? Retrouverait-on encore dans les relations de la vie ces marques de respect et de déférence que revendiqueraient les priviléges de naissance ou de haute position sociale? Non, car c'est en vain qu'on essaierait de faire remonter le courant d'un fleuve : il suivra sa pente jusqu'au bout. Il faut se contenter de maintenir les digues préservatrices de l'inondation. Ceux qui par leurs noms, leurs titres ou leur fortune, ont intérêt à la chose, doivent en faire leur deuil ; ou si nos mœurs leur sont trop antipathiques, il ne leur reste d'autre parti que d'aller chercher sous un autre ciel les égards et le respect qu'ils croient dus à leur rang.

§ III.

De la branche cadette et du Gouvernement représentatif.

Le règne précédent me paraît avoir été la plus haute expression, et, pour ainsi dire, la personnification de la sagesse humaine dégagée de tout souvenir religieux. Il fut la plus grande tentation qui ait jamais éprouvé les élus de Dieu ; et c'est peut-être pour secourir la foi chancelante de quelques uns, que la Providence, se réveillant tout à coup du sommeil volontaire où il lui plaisait de rester, et voyant que l'oubli de son saint nom devenait général avant la fin des temps qu'il avait fixé, souffla sur ce monument, qui paraissait être de granit, et le fit crouler comme un fragile château de cartes. Mais pour ne me guider, comme je me suis promis de le faire, que par les seules lumières de la raison, je me contenterai d'attribuer la chute du roi Louis-Philippe à la forme du gouvernement représentatif, qui avait fait son temps, et dont on avait extrait tout ce qu'il était possible d'en extraire. Un petit ouvrage intitulé : *Les*

Tablettes des révolutions, par M. Cadiot, démontre cette vérité avec une telle clarté de logique et l'appuie sur des déductions historiques tellement irrécusables qu'il faudrait se faire volontairement sourd et aveugle pour ne pas se rendre à ses raisons.

Je partage également son opinion lorsqu'il approuve l'établissement d'une seule chambre. Sur deux éléments de discorde qui existaient sous le régime précédent, il n'en reste plus qu'un, et c'est toujours là un bienfait immense que l'on doit à la Constitution, en tous points d'ailleurs si imparfaite et si traîtreusement combinée.

Malheureusement, il reste encore à craindre un conflit, car nous ignorons lequel des deux, du pouvoir exécutif ou de l'Assemblée, est le souverain, ou, pour parler plus exactement, nous ignorons auquel des deux le peuple, véritable souverain, a délégué sa principale souveraineté. Je reviendrai sur ce sujet en proposant ma solution, qui peut aplanir toutes les difficultés. Je veux seulement dire ici que le gouvernement représentatif, avec la division des pouvoirs, n'était pas né viable, ainsi qu'on pourra s'en convaincre en lisant ce remarquable petit ouvrage dont je viens de parler. Le vice de cette forme de gouvernement y est démontré si palpable, que je m'étonne que tant d'éléments de discorde aient pu résister aussi long-temps à la décomposition. On ne peut l'attribuer qu'à la profonde habileté de Louis XVIII, et plus tard de Louis-Philippe, qui ne lui cédait en rien. Maintenant, vouloir en renouveler l'épreuve, avec le souvenir encore récent d'un gouvernement corrupteur, et sans avoir même pour soi, comme la branche aînée, une tradition ancienne, pour remplacer le prestige des croyances perdues, ce ne serait point un acte de sagesse, et, partant, je ne saurais y voir un gage de durée.

§ IV.

Du Socialisme.

La théorie du socialisme, qui, comme on le sait, n'est pas nouvelle, mais seulement la reproduction d'une doctrine égalitaire, qui, à différentes époques, est parvenue à fanatiser les populations ; cette théorie, dis-je, est bien propre à éblouir des esprits enthousiastes, et à séduire des cœurs droits et confiants. Quoi de plus beau, en effet, que de chercher à équilibrer la masse des jouissances physiques, si inégalement réparties sur cette terre ! Quoi de plus honorable que de travailler à ce but : qu'un jour, chacun puisse prendre une égale part au banquet de la vie ! C'est bien ici le cas de redire ces paroles de M. de Montalembert, qu'il n'y a de légitime que ce qui est possible, paroles pleines de justesse et d'à-propos aux questions qu'il traitait alors. Ce n'est pas à dire, comme de mauvais plaisants ont voulu l'interpréter, que tout ce qui est possible sera légitime, car en France on abuse de tout, des mots comme des choses; mais seulement que la prétention de faire l'impossible, étant une folie, se trouve par cela même contraire à l'usage que Dieu nous a ordonné de faire de notre raison; en un mot, illégitime.

Je sais que pour justifier la possibilité du règne socialiste, on invoquera la perfectibilité supposable de ce monde. On ne peut nier en effet que le progrès de la civilisation n'ait été, sous certains rapports, profitable à l'espèce humaine. Ainsi, nous nous sommes débarrassés des bêtes féroces qui peuplaient les forêts vierges de la création; nous avons fait des lois qui garantissent à chacun la tranquille possession de sa vie, de sa maison, de sa fortune. Enfin, nous avons multiplié nos jouissances par des découvertes en tous genres. Soit: je conviens qu'il y a progrès dans un sens, et je suis loin de regretter l'existence précaire de l'état sauvage, non plus que sa triste indépendance. Je dis plus. Je crois à une perfectibilité matérielle qui ira toujours croissant, jusqu'à ce qu'elle ait atteint le plus haut degré dont l'humaine nature soit susceptible. Ainsi, je m'imagine que dans quelques siècles, par suite du perfectionnement des machines, le travail de l'homme sera totalement supprimé, et que, la navigation aérienne aidant, les rapports et les échanges seront si faciles et si rapides, que le plus pauvre citoyen pourra se procurer toutes les délicatesses du luxe, et surpasser encore la splendeur féerique et presque incroyable dont les ruines d'Herculanum et Pompéies ont signalé l'existence chez de simples dames romaines. Mais ces améliorations ne sont réalisables qu'en adoptant la marche lente que la nature observe dans toutes ses lois. Vouloir brusquer le progrès, c'est se révolter contre ces lois éternelles et s'exposer pour punition à rencontrer un résultat tout opposé, c'est-à-dire à rétrograder. C'est probablement à cette impatience fébrile qu'est due la décadence de l'empire Romain, lequel, avec plus de modération dans son désir insatiable de conquêtes, se fût préservé de l'invasion des barbares du Nord, en sorte que nous réaliserions aujourd'hui le rêve dont nos arrière-petits-neveux pourront seuls voir l'accomplissement. Au reste, sans vouloir me perdre dans des considératious trop élevées et qui pourraient paraître chimériques, je m'en tiens aux obstacles présents et très réels qui doivent faire renoncer un socialiste à ses projets, si toutefois il veut se rendre à la voix de la raison. Une nouvelle révolution ne produirait que des victimes, sans bénéficier en rien à la cause du socialisme, en France surtout, et cela à cause de l'extrême division de la propriété. Chaque paysan tient autant à sa chaumière que le riche bourgeois à son usine ou à son château ; et au jour d'alarme, chacun se trouverait à son poste, prêt à combattre jusqu'à la mort pour défendre son bien. Que pourrait-il résulter de ce conflit? Probablement une dictature militaire, ce qui justifierait les prévisions de M. Romieu, et ferait reculer de plusieurs siècles les philanthropiques projets des socialistes. C'est à eux à voir si cette perspective les tente.

---

§ V.

De la République rouge et du Gouvernement démocratique.

Malgré l'énervement de la génération actuelle, suite inévitable d'une civilisation avancée, il existe encore, dans le jeune sang surtout, des réminiscences du fougueux tempérament de nos ancêtres, ces terribles Gaulois adorateurs du gui et mangeurs d'hommes. C'est pour ces natures exceptionnelles que les salutaires entraves de nos lois sont un frein qui les fait écumer de rage, surtout lorsque, se trouvant mal partagés des dons de la fortune, et aptes cependant par la virginité de leur nature à satisfaire plus de besoins et à consommer plus de jouissances, ils aperçoivent tels riches, regorgeant de biens et blasés sur leur usage, refuser un superflu dont ils n'ont que faire, et jusqu'aux miettes qui tombent de leur table, à l'affamé réduit au désespoir.

Telle est la véritable cause des catastrophes qui de loin en loin étonnent et bouleversent le monde. Si les sages de la terre (je continue de les appeler ainsi, parce qu'il n'y a que la sagesse humaine fidèle, observatrice des lois de la nature, qui parvienne, par le travail, la prudence et la ruse, à acquérir ce qu'elle n'a pas, et à conserver ce qu'elle a), si, dis-je, ces sages enrichis voulaient (non point en vue de Dieu, ce sentiment leur est généralement inconnu, mais dans leur propre intérêt) relâcher un peu de leur inflexible égoïsme, la générosité est si rare de nos jours! que la moindre concession de leur part les ferait regarder comme des demi-dieux, auxquels on voterait d'élever des statues. Ils acquerraient par ce même acte la sécurité et la popularité. Le peuple, secouru par eux, respecterait, comme il devrait toujours le faire, la richesse comme un droit acquis par le travail ou la volonté de Dieu; et de même qu'on admire le courage, la beauté, la supériorité de l'intelligence, enfin toutes les prérogatives qui forment le haut de l'échelle sociale, on admirerait également un homme riche comme le fidèle dépositaire et dispensateur des bienfaits de Dieu. C'est par ce seul motif d'intérêt personnel que nos riches voisins d'outre-mer, lorsque le trésor est obéré, ou la nation menacée, ou la population soulevée, savent faire quelques sacrifices au maintien de l'ordre, et s'assurent ainsi la continuation de leurs énormes priviléges. Il n'en est pas de même parmi nous, où la richesse semble plus que partout ailleurs être frappée d'aveuglement. Aussi, cette parabole, en apparence burlesque, du chameau qui ne peut passer par le trou d'une aiguille, apparaît, par la réflexion, sublime et effroyable de vérité. Que faire alors, et que dire à ces cœurs ardents et impétueux pour comprimer les projets dévastateurs qui fomentent dans leur sein? Les engager à se compter, afin qu'ils reconnaissent que leur petit nombre est un signe certain de défaite? Mais ces sortes de natures vivaces ne raisonnent pas, et la vue du péril ne saurait les arrêter... Puisse celui qui apaise à son gré les plus fortes tempêtes ramener le calme et la résignation dans ces âmes troublées; car le plus criminel d'entre eux est encore plus près du ciel, que ne l'est le mauvais riche!

Quant à cette autre classe de démocrates soi-disant modérés, et qui ont la prétention de raisonner leur opinion, je leur dirai : Je veux bien croire que, si votre parti venait à prévaloir, vous ne renouvelleriez pas les sanglantes représailles de vos prédécesseurs de 93; vous vous contenteriez de forcer ceux qui ont le superflu à dédommager ceux qui manquent du nécessaire. Passons. Vous ne voulez ni roi ni président; même il a été dit, ces derniers jours, que le peuple exercerait directement sa souveraineté. Si je n'étais convaincu que cette idée est une plaisanterie, je vous répondrais qu'il me semble apercevoir dans ce projet des obstacles matériels et des difficultés de détail tellement grands, que l'épreuve qu'on en pourrait faire serait une folie, et qu'il faudrait très probablement accepter au moins une assemblée qui serait à elle seule promulgatrice et exécutrice des lois. Mais, dans ce cas, je me demande ce qui pourrait empêcher cette assemblée d'outre-passer ses pouvoirs.

Ainsi, par exemple, de se déclarer inamovible. Ensuite, s'il lui en prenait l'envie, d'allouer à chacun de ses membres cent mille livres de rente ; enfin de finir, comme le sénat de Venise, par exercer sur la nation la plus horrible et la plus ténébreuse des tyrannies ?

Dans ce cas, me répondrez-vous, un homme de cœur qui aura les sympathies de l'armée mettrait bientôt fin à cette usurpation oligarchique. Oui, mais alors nous retombons dans les prévisions de M. Romieu. Nous arrivons au règne du sabre. L'expérience nous en coûterait cher. Cependant, supposons que, contre toute probabilité, l'armée s'entende avec le parti républicain pour l'établissement de cet ordre de choses. Je dis que cette république ne saurait se maintenir long-temps, parce que c'est de tous les genres de gouvernement le plus opposé à nos mœurs. Il n'y a que les nations nouvellement formées qui puissent se bien trouver de cette allure guerrière.

Nous ne sommes pas des soldats comme en Prusse; nous ne sommes plus des chevaliers bardés de fer, comme au moyen-âge; nous ne sommes même plus un mélange d'aristocratie et de tiers-état. Nous sommes des bourgeois et des marchands. Le nombre des Ilotes ne serait pas, comme à Sparte, ces quelques victimes sacrifiées à la prépondérance du plus grand nombre. C'est le gros de la nation qui formerait la classe d'Ilotes; or, comme les majorités, même les plus inoffensives, ont toujours fini par dompter les minorités, la république démocratique ne pourrait se soutenir.

§ VI.

De l'Empire.

L'empire avec son brillant entourage, son aristocratie militaire et toute la pompe de ses trophées, ne peut se soutenir que par les conquêtes; c'est du moins le jugement qu'on en porte généralement. Le mot empire est donc synonyme de propagande, et c'est dans l'espoir d'une gloire douteuse qu'il nous présente la perspective certaine de toutes les calamités qu'entraîne inévitablement l'horrible fléau de la guerre. Qui oserait en donner le conseil? Ce n'est certainement pas le vœu de la nation, qui est plus que jamais portée à l'industrie, et au désir d'augmenter son bien-être matériel. D'ailleurs, un ennemi incessant s'opposerait au maintien de ce régime : c'est la classe des avocats et des publicistes, qui, depuis 1814, soufflent le froid et le chaud suivant leurs caprices, et qui ne verraient pas sans regrets le terme de leur influence. Ce n'est pas à dire que la France doive être éternellement ballottée par des phraséologies de tribune. Non, il faut bien l'espérer. Seulement il s'agit de ne se sevrer que peu à peu de cette nourriture fastidieuse, et de ne pas irriter des adversaires trop puissants. Il conviendrait, au contraire, de leur laisser une part dans le gouvernement, afin qu'ils aient intérêt à favoriser les améliorations que réclame depuis si long-temps la classe pauvre et souffrante de la société. Mais, hélas ! qui sera juge de cette question ? Ce sont eux, car ils sont en majorité dans la chambre et dans le monde politique. Or, supposons que, par hasard, cette petite brochure leur tombe entre les mains, et qu'ils reconnaissent que réellement la solution que je vais proposer puisse être le gage certain du retour de l'ordre, de la paix et de la prospérité générale ; si en même temps ils y voient un signe de décadence pour le pouvoir parlementaire, auront-ils assez de vertu pour faire le sacrifice de leurs sympathies au bonheur de leur pays ? Dieu le veuille !

---

§ VII.

Solution.

Puisqu'après avoir successivement parcouru les différents systèmes de gouvernement, aucun d'eux ne semble offrir de chances probables de succès, il est permis, je crois, de hasarder une nouvelle combinaison, lorsque surtout on l'appuie sur l'étude des mœurs qui caractérisent notre époque, et qu'on a eu soin d'éviter les secousses perturbatrices, en conservant, de ce qui est, tout ce qui est conservable. Cela dit, tel serait mon vœu :

Aux termes de la Constitution, qui a prévu la révision, cette révision serait provoquée le plus tôt possible.

Mon premier soin avant tout serait d'éviter toute espèce de nouvel appel au peuple : ce n'est pas sans péril et sans dommage que l'on stimule à un jour dit les passions politiques de toute une nation. D'ailleurs, si le peuple a, par l'instinct de sa conservation, le jugement sûr dans un moment suprême, ainsi qu'il en a fait preuve par le choix du prince Louis Napoléon, il redevient totalement incapable pour toute autre décision gouvernementale. Ayant une fois délégué sa souveraineté à une assemblée, cela devrait suffire. C'est à la sagesse de cette assemblée qu'est confié le soin de faire le reste.

Quant au renouvellement de cette Assemblée (qu'on l'appelle législative ou constituante, cela n'y fait rien, et l'importance qu'on voudrait mettre dans cette différence serait un enfantillage, comme celle entre les lois organiques ou non organiques. Le simple bon sens suffit pour reconnaître qu'il ne peut y avoir qu'une seule loi organique : celle du suffrage universel. A défaut de la voix de Dieu qui ne veut point se faire entendre, il ne reste d'inviolable que la voix du peuple, qui se fait entendre par le choix qu'il fait de ses délégués), quant, dis-je, au renouvellement de cette Assemblée, je voudrais qu'à l'avenir cette élection se fît par une opération successive et continue. Ainsi, en supposant qu'il y ait cent colléges électoraux, chaque semaine un collége fonctionnerait pour élire ses mandataires; un autre la semaine suivante, et ainsi de suite, de manière qu'à la fin de l'année la Chambre se trouverait renouvelée, soit par de nouveaux candidats, soit par la réélection des mêmes.

La République serait définitivement adoptée dans sa qualification.

Le mot ne fait rien à la chose, et cependant il me paraît important. Les circonstances et l'imprévu l'ont fait choisir, et cela était sans doute dans l'ordre de la Providence. D'ailleurs, ce mot est pour beaucoup de personnes l'emblème et la garantie du progrès : il serait donc sage de le conserver.

L'Assemblée décréterait ensuite que sur l'exercice de la souveraineté, qui lui a été délégué par le peuple, seul et véritable souverain, elle délègue à son tour l'exercice du pouvoir exécutif à un président à vie, ne se réservant que deux pouvoirs : 1° celui de faire les lois, et 2° celui de pouvoir mettre en accusation le président s'il venait à les transgresser.

A part ce crime de haute trahison, le chef du pouvoir exécutif ne serait responsable d'aucuns de ses actes et n'en devrait compte à qui que ce soit; ses ministres seraient ses commis, et rien de plus.

Toutefois il lui serait interdit non seulement de commander les armées, mais même de passer des revues et de porter un habit militaire.

Il lui serait alloué trois millions au moins et six millions au plus. Cette brillante allocation lui donnerait le moyen de représenter dignement la première nation du monde et de faire le bien.

La différence éventuelle entre trois et six millions aurait pour but qu'il fût intéressé à ménager la Chambre et à vivre avec elle en bonne intelligence.

Le suffrage universel serait rétabli dans toute sa latitude, sauf les indignes par jugement. Mais (et c'est ici le point important sans lequel le système que je propose manquerait par sa base) les abstentions seraient comptées au profit du chef du pouvoir exécutif, c'est-à-dire qu'à l'ouverture de chaque collége, il présenterait les candidats qu'il croirait lui être les plus dévoués, et que toutes les voix absentes seraient dévolues au profit de ces candidats.

C'est dans cette loi qu'on trouverait la seule garantie d'ordre et de durée possible, vu l'état des mœurs apathiques où se trouve la France. Il est dans la nature de l'homme d'avoir plus d'énergie pour le mal que pour le bien. C'est un motif de venir au secours de sa faiblesse, ou, pour parler plus exactement, de son indifférence coupable.

Toutefois, on n'aurait pas à craindre que, par suite de mon système, qui donnerait habituellement au président une chambre entièrement dévouée à ses volontés, cette chambre ne le fût également à ses caprices et à sa tyrannie ; car, si l'autorité du président devenait trop importune ou trop vexatoire à la nation, ces mêmes indifférents qui restaient chez eux le jour des élections, réveillés par la sensation de leurs maux, s'empresseraient naturellement d'aller porter au scrutin des candidats de l'opposition, et au bout de l'année la Chambre se trouvant renouvelée en sens contraire, le président serait bientôt mis en accusation, condamné et remplacé par un autre.

Ainsi, cette combinaison serait une garantie pour la liberté comme pour la force dans le pouvoir.

La mise en accusation une fois votée, la chambre n'aurait point pour cela le moindre pouvoir exécutif. C'est le vice-président qui en exercerait les fonctions pendant le jugement et jusqu'à la nomination d'un président nouveau.

Cette solution que je propose n'est autre dans la forme que celle de l'amendement Grevy, lequel amendement à cette époque me paraissait être la solution la plus logique et la plus rationnelle. Deux années d'expérience et de réflexions m'ont convaincu qu'elle se trouverait insuffisante; mais par cette simple modification, de faire valoir les abstentions au profit du pouvoir exécutif, cette même République, de démocratique ou oligarchique qu'elle aurait pu être, devient une République dictatoriale, avec cette restriction pourtant en faveur de la liberté, que le peuple est toujours libre au bout d'un an de mettre son dictateur à la raison.

Par ce moyen toutes les difficultés seraient aplanies. La chambre, débarrassée des préoccupations politiques, pourrait alors se donner entièrement à l'étude des lois de progrès. L'ordre, la confiance, le crédit, enfin la prospérité générale du commerce en seraient la suite naturelle, et à part quelques regrets d'égoïsme ou de dévoûment à d'anciens souvenirs, personne n'aurait sujet de se plaindre.

---

§ VIII.

Conclusion.

Après avoir proposé cette solution, que je crois la seule bonne parce qu'elle est la seule qui soit en harmonie avec nos mœurs, je serais tenté d'énumérer une foule de lois dans le sens du progrès sans dangers de perturbation, dans l'intérêt des classes souffrantes sans porter préjudice aux classes riches, et qui, loin d'obérer le trésor, lui fourniraient au contraire de plus grandes ressources; mais c'est déjà bien assez d'avoir osé élever la voix sur la question principale. Plus tard, si ce timide essai était accueilli avec faveur, si surtout ma solution était adoptée, alors je me sentirais encouragé à parler plus longuement. Pour aujourd'hui je m'en tiendrai là. Seulement, il me reste à ajouter quelques mots sur le choix du président.

Il est fâcheux que je me sois promis à moi-même de me cacher sous le voile des initiales : car en me nommant et en faisant connaître en même temps l'abandon où je suis laissé, on ne pourrait douter de l'impartialité de mon jugement, on verrait par le choix que je propose que ce que je crois la vérité et le bien de mon pays l'emporte sur de légitimes rancunes; mais je suis un trop médiocre écrivain et surtout trop inconnu pour risquer le ridicule qui tombera peut-être sur cet écrit et qui se déverserait naturellement sur son auteur. D'ailleurs, si mes raisons sont reconnues bonnes dans l'intérêt général, peu importe que je sois intéressé ou non à les faire valoir, et lors même que je serais un ennemi, pourvu que je parle en sage, c'est l'essentiel : car, comme dit la fable, « mieux vaut un sage ennemi qu'un imprudent ami. »

On pourrait commencer, en faveur du président actuel, par dire que la reconnaissance que le pays lui doit pour avoir rétabli l'ordre dans un moment aussi critique, et pour ainsi dire désespéré, fait un devoir de le réélire définitivement; mais pour être conséquent à l'appréciation que j'ai donnée de la sagesse humaine, qui, selon moi, ne doit avoir d'autres règles que celles de son intérêt, je ne puis invoquer ce principe : car qui dit devoir suppose une loi. C'est ici la loi de la reconnaissance, sentiment essentiellement dégagé des choses terrestres, religieux en un mot. Or, je l'ai dit et je le répète, la sagesse humaine n'a rien à voir dans la religion. A chacun son rôle, mais ne les intervertissons pas. Si le martyr volontaire dans ce monde est une dupe, tant pis pour lui ; mais au moins ne lui enlevez pas les épines dont il lui plaît d'orner son front, afin d'en rehausser l'éclat de vos perles. (C'était là une digression; je reviens au fait.)

Heureusement pour le prince Louis-Napoléon qu'il peut présenter d'autres bonnes raisons, puisées dans l'intérêt même du pays. La première, c'est que de l'aveu général il a fait, depuis son avénement à la présidence, preuve de capacité, de prudence et de modestie ; si ce n'est pas un gage de certitude pour l'avenir, c'est au moins une garantie de probabilité supérieure à celle que tout autre pourrait présenter. La seconde, c'est qu'il suffit que les habitants des campagnes en aient déjà fait l'objet de leur choix pour qu'on puisse être certain que tout autre élu en sa place par l'Assemblée (je suppose mon plan adopté) trouverait une répulsion considérable à la sanction de ce choix, que les électeurs des campagnes courraient au scrutin porter un ennemi du président, et qu'à la fin de l'année l'objet du choix de l'Assemblée actuelle se trouverait en présence d'une autre Assemblée, par laquelle il serait mis en jugement et condamné à une grande majorité. Enfin une troisième considération, qui n'est pas la moins importante, c'est celle-ci : Il serait prudent et sage de maintenir à son poste le président actuel parce qu'il y est. Je me garderai bien de m'appesantir sur cette idée, qu'il faut craindre une révolte de la part de Louis-Napoléon en cas de refus de l'Assemblée ; car la susceptibilité nationale se trouverait violemment froissée par une telle supposition. D'ailleurs, ne connaissant pas les intentions du prince Louis-Napoléon, personne n'a le droit d'admettre cette intention comme probable. Je dis seulement qu'il suffit qu'elle soit possible pour que tout esprit sage, et qui a d'ailleurs devers lui les deux autres motifs que je viens d'indiquer, détermine son choix sur cette dernière considération. Elle a beau paraître pusillanime et être prise en vue d'un péril imaginaire, n'importe. Quand il s'agit de la tranquillité du pays, qui ne demande qu'un peu de calme et quelque garantie de durée dans le gouvernement, pour réparer ses forces épuisées et renaître d'une nouvelle vie, on ne peut faire trop de concessions à son amour-propre, et pour l'homme de cœur, même le plus susceptible, la fin peut ici justifier les moyens.

www.ingramcontent.com/pod-product-compliance
Ingram Content Group UK Ltd.
Pitfield, Milton Keynes, MK11 3LW, UK
UKHW021125230726
13926UKWH00002B/642